상상의 나래를 펴고 어디든지 날아가
백지 위에 형형색색 물감을 찍어
자연을 그린다
인생을 그린다
꿈을 그린다

고희古稀가 되어
살아온 햇수만큼 그린
세 번째 그림이 여기 있다

쉼 없이 달려온 삶의 자리에
꽃잎이 소복하다

2023. 7.
가인산방加仁山房에서
차 갑 부

차례

1   시인의 말

■ 제1부 ■

■ 제2부 ■

▪ 제3부 ▪

▪ 시 해설 ▪

제1부

청 벚꽃 필 무렵

냇물에 손을 씻고 세심동洗心洞에 마음 닦고
왕벚꽃 친구 삼아 일주문을 들어서니
길고 긴 고즈넉한 길이 포근한 정 감싸 준다

개심사開心寺 가는 길이 고행苦行의 길이런가
오르고 또 올라도 끝없이 오르는 길
고행 길 지나고 나서야 부처님을 뵙는 것을

불심佛心 깊은 노송이 허리를 곧게 펴고
하늘에 닿을 듯한 장신長身을 으스대며
긴 머리 풀어헤치고 초봄 햇살 가려 준다

외나무다리 타고 심경당에 당도하니
바람에 몸을 기댄 연꽃 같은 자목련이
불법佛法을 깨우친 양 염화미소 짓고 있다

벚꽃이 피고 졌는데 아직도 뜸 들이는
수줍은 몽우리만 빨갛게 맺혔는데
어찌하여 그 이름을 청 벚꽃이라 하는 걸까?

풍악을 오르며

설악에 가을 드니
풍악楓嶽이 여기로다

초록 잎이 단풍 드니
한 폭의 동양화다

인생도 저 산 같아서
곱게 익어 가는구나

파랑색이 세월 가면
홍엽紅葉이 되는 걸까

바람빛에 물들어
세상을 예쁘게 꾸며

한 해를 넘으려 하는
붉게 타는 세월꽃

서삼릉에서

서삼릉西三陵 바라보니
인생이 무상할세

기세등등하던 왕가王家가
말없이 누운 자리

저기가 황천이거늘
북망산천 멀다 마라

7월이 오면

엊그제 같은 그날 십 년 넘게 흐른 시간
덕유산에 한여름 오니 기억이 되살아나
함께 갔던 죽마고우竹馬故友들 아직도 거기 있네

장대 같은 빗줄기 왔다가 물러가고
운무가 밀려갔다 다시 오길 반복하니
신선이 구름을 타고 세상을 내려보네

삿갓골재 대피소에 비 피해 짐을 풀고
배낭 속 요깃거리 톡톡 털어 익히는데
묵은지 군둥내 진동하니 입에 침이 그득하네

취기에 체면 접고 동심으로 돌아가고
한 친구는 방명록에 붓 들어 흔적 남기니
주옥같은 시 한 구절이 평사平沙에 낙안落雁이라
새벽에 단잠 깨어 밧줄 같은 빗줄기 앞에
노론 소론 패가 갈려 격론을 벌이다가
산악 대장 중대 결심으로 극한 산행 시작했지

남덕유산 지나갈 제 강풍이 길을 막아
철계단 난간 잡고 생사를 가름할 제
일행이 모자 날려서 풍신風神에 제祭 지냈지

말 없는 날들이 저만큼 달려갔건만
주름살같이 지울 수 없는 추억으로 붙박여
한여름 비 오는 날이면 찾아오는 불청객

동창 여행

고딩 때 맺은 인연
반세기 흘렀건만

낯선 얼굴인데도 매양 본 가족 같고

모양새 달라졌어도
끌리는 정 깊어지네

백제의 혼이 서린 자취 온종일 돌아보니

묵은지 같은 깊은 맛이
온몸에 듬뿍 배어

씻어도 지워지지 않고
그대로 남아 있네

언제 또 볼 수 있으려나
혈육 같은 친구들

백발이 성성하니 기약 없는 별리別離런만

언젠가는 또 만나겠지
아무렴 그래야지

이별의 만남

처음 본 얼굴들인데
십년지기 친구 되고

얼었던 마음들이
금시에 녹아나니

뜨내기 일행들이랑
마음의 끈 이어졌네

과거로 돌아갔다가
현대로 되돌아와

인간의 삶의 자취
머리로 되새김하며

왕국의 깊고 긴 궤적
눈 속에 담은 시간

오르자 이우는 정
아쉽기만 하건만

헤어져야 할 시간
스리슬쩍 다가오니

가슴에 박힌 풋정일랑
그냥 품고 왔다네

콜로세움의 혈흔血痕

국자 같은 외양에 원통형 경기장이
고대 로마인들의 건축술이 놀라운데
검투사劍鬪士들의 죽음터라니 또 한 번 놀랐네

피 터지게 싸우다가 선혈鮮血이 낭자하면
모래로 덮어 흔적을 지웠다니
이보다 더 잔인한 전쟁터가 있을까

바닥에서 일어나는 흙먼지와 흥건한 피
황제의 엄지손가락에 생사가 달렸는데
죽어 가는 검투사의 모습이 피보다 선명하네

페리가 지나간 자리

페리는 망망대해를
거침없이 달리는데

바다를 내려다보니
인생이 거기 있네

지나온 삶의 자취를
실타래처럼 펼치며

흰옷 입은 갑남을녀甲男乙女
포옹하고 흩어지고

또다시 만났다가
급히도 헤어지는

인생은 만났다 헤어지는
애환의 물길이다

윈더미어 호수 풍경

속 깊고 검푸른
호수 위의 무대에

연극의 주인공 되어
객석을 응시하니

고운 의상을 갖춰 입은
관중들 모여 있네

색동 한복 차려입은
돛단배가 산책하고

신이 본뜨고 색칠한
무대 위의 공연을

하늘은 구름을 헤집고
조명을 비추네

피렌체의 세월

피렌체 시가지가
중세로 돌아갔다

나이 든 성문이
걸쇠로 잠겨 있고

우피치 대형 박물관엔
화가들이 모여 있다

최첨단 기술도
범접 못할 예술혼이

암흑의 시간을 건너
빛으로 승화했고

세월은 빛처럼 흘러
현대로 돌아왔다

유정 문학관에서

유정裕貞의 발자취를
벗들과 돌아보니

픗대의 몹쓸 병이
안타깝고 애처로워

못다 핀 동백 몽우리를 보니 눈물만 흘리네

유정이 이승에서
우리 일행 만났다면

깊고도 묵은 우정에
혈기가 발동하여

마당에 둘러앉아서 닭싸움 한 판 했을 것을

분단의 고지를 돌아

동강 난 허리를 눈으로 확인하며
분단의 쓰라림을 온몸으로 느낀 시간
끊긴 철길에 멈춰 선 철마는 육신이 썩어 간다

수천 용사들이 산화한 백마고지
무심한 고라니는 그 능선을 산책하는데
"고지가 바로 저긴데" 발길을 돌려야 한다

북녘이 지척咫尺인데 오갈 수 없는 현실 앞에
한양에서 한성 가는 길이 달구벌보다 가깝건만
38선아, 말하려 무나 누굴 위한 분단인가?

우도의 봄

우도牛島에 봄 익으니
조랑말이 살판났다

언덕배기 푸르르니
양식이 지천이고

입맛이 제철 만나니
엉덩이에 살 붙었다

바닷속에 발 담근
날씬한 외돌개가

파도가 간지럽혀도
꼼짝달싹 아니하더니

해녀의 숨비소리에
눈을 질끈 감는다

박경리 문학관 산책

주인 잃은 양옥 한 채
외로이 서 있고

텃밭엔 푸성귀가
옛 시절 그대론데

편안히 누워 있는 연장들이
많은 얘기 들려준다.

금이수金의 삶의 자취
문학관에 가득하고

못다 쓴 문구文具들이
곤한 잠에 빠졌는데

육필로 쓴 원고지 뭉치가
'토지土地'로 부활했다

힌남로의 변심

돌가시나무 새싹이 세상을 뒤엎을 듯하고

휴교에 비상에, 나라님도 벌벌 떠는데

연약한 땅 찔레꽃이 그토록 억세던가

어디 한번 두고 보자고 큰소리치더니

햇살이 내리쬐니 맥을 추지 못하고

노란 떡잎 시들어 버려 주검이 되었네

산정호수의 겨울

궁예가 내려다보는 검붉은 호수에

요술쟁이 겨울이 은쟁반을 만든 자리

썰매 타는 개구쟁이 아이들이 눈 속에 묻혀 있다

호수 변 한옥 찻집에선 대추차가 열을 내고

연인들의 속삭임에 풋사랑 익어 가는데

돌담 밑 눈 속에 핀 생명이 새봄을 기다린다

남이섬에 봄이 오면

산자락에 봄이 드니 한 폭의 풍경화다

연녹색 새털구름 듬성듬성 피어나고

부지런한 산 벚꽃 피니 봄비 속의 햇살이다

저만치서 홀로 핀 좁쌀 같은 산수유가

먼 산을 바라보며 생각에 잠겼다가

첫사랑 그리워하며 눈물을 글썽인다

동강東江은 흐른다

칠족령 굽은 길을
석경石逕에 막대 짚어

살금살금 돌아 올라
산하를 굽어보니

절벽을 밀쳐 버리고
동강이 굽이친다

바람은 살랑살랑
마음은 싱숭생숭

강물은 쉬엄쉬엄
어디론가 흐르는데

세월은 저 강을 건너
쏜살같이 달려간다

수련꽃

호수 속에 핀 수련꽃이
손주 녀석 얼굴 같다

한 엄마가 낳은
쌍둥이 형제련만

저마다 다른 모습이
신기하고 멋스럽다

양 손가락 활짝 펼쳐
턱을 괸 형상으로

불법을 깨우친 듯
염화미소 짓는데

호수도 수련을 닮아
이쁜 미소 짓고 있다

영광의 그늘

칠십 년 긴 세월을 여왕으로 살았던

엘리자베스 2세가 하늘의 별이 되다

겉은 눈부시련만 맘고생 많았거늘

불륜에 이혼으로 왕가의 체통 구기고

암울한 삶을 산 왕국의 찰스 3세

비운으로 하늘나라에 간 다이애나비를 소환한다

꿈속 같은 짧은 여정 눈물로 흥건했을

왕가에 버림받고 사람들과 살았던 삶

인생은 화려한 거 같지만 빛 좋은 개살구

여왕의 마지막 길

육신은 쓰러져 관 속에 누웠는데
여왕은 죽어서도 왕국을 누비며
칠십 년 영욕의 삶을
열흘에 마감한다

퍼즐을 짜 맞추듯 흠을 찾을 수 없고
긴 시간 연습한 듯 물처럼 흘러가
여왕의 마지막 길이
말끔하고 엄위롭다

행진하는 병사들은 표정 없는 로봇 같고
눈물짓는 군중의 성숙한 애도 물결
여왕의 저승 가는 길이
멀고도 까다롭다

선암사仙巖寺의 봄

하마비下馬碑 앞에 말에서
내려 일주문을 통과하니

선잠 깬 선암매仙巖梅
왔다가 이내 가고

수줍어 차마 웃지 못한
왕벚꽃이 발그레하다

송판에 구멍 뚫어 만든
재래식 해우소가

정월 첫날 일을 보면
섣달그믐 닿을 듯한데

멀고도 험한 바닥이
석가의 고행 길 같다

제2부

석란石蘭의 삶

바위틈에 발을 묻고 꼿꼿이 몸을 세워

혼탁한 세상을 보고 고개를 절레절레

뜬구름 흘러가는 대로 욕심 없이 살고파라

산해진미 안 먹어도 이슬 한 방울에 만족하고

하늘을 지붕 삼고 구름을 초막 삼은 삶

네 향기 아니고서는 산이 어이 깊으리오

권불십년權不十年

천년만년 갈 것같이
등등하던 무더위가

입추立秋 앞에 무릎 꿇고
기세 한풀 꺾이니

권력에 취한 인간들아,
무더위 꼴 날 거다

폭우

하늘에서 내려온
검은 수단 입은 사제司祭가

혼탁한 이 세상에
물세례를 베푸는데

지은 죄가 하도 많은지라
양동이로 들어붓네

도시는 파도치는
물바다를 이루고

합장한 초목은
다소곳이 머리 숙여

"아멘~"을 잇달아 하면서
새 삶으로 환생한다

기러기의 한恨

심학산 둘레길을
구불구불 돌아가니

저 멀리 개성 땅이
꿈속처럼 아련한데

눈치 빠른 기러기 떼가
"끄으윽~ 끄으윽~" 흐느끼네

길상사吉祥寺의 봄

하늘 없는 오솔길을
속 비우고 걸어간다

고운 바람 빛에
초목이 짙어지고

주인 잃은 빈 의자 하나가
일광욕을 즐긴다

값나가는 무언가를
목과 팔에 걸친 여인

그리도 많은 사연
부처님께 고하는데

옷 한 벌로 평생을 살다 간
법정 스님 묵언설법 하신다

한여름 숲속 풍경

바람이 지휘하고
잎사귀가 연주하고

매미가 합창하고
나비가 율동하는

한여름 드넓은 숲속에선
콘서트가 열린다

숲속의 가설극장
간이 의자에 걸터앉아

빗물 같은 땀방울 닦으며
음악 감상하려던 차에

매복했던 모기떼 습격하니
헌혈장이 되었다

양궁 경기

날렵한 정충精蟲 하나
난자卵子 향해 달려간다

뒤돌아볼 겨를도 없고
해찰할 뜸도 없이

꼬리 치며 마구 질주하는
생명체의 생존경쟁

가운데 원圓에 들어가면
귀공자 얻은 거고

변두리 원에 들어가면
공든 탑 무너지니

인생의 희로애락이
이 원 안에 있소이다

연꽃 미소

석가가 법상에 오르니
하늘에서 꽃비 내려

꽃잎 하나 들어 올려
중생을 내려다보니

말없이 하얀 미소 지어
마음으로 화답한다

어지러운 삶의 자리
우산으로 가리고서

진흙에 몸 담그고
이슬 먹고 피어나

흙탕물보다 혼탁한 세상을
미소로 닦아 낸다

코로나 블루

코로나가 창궐하니
위리안치圍籬安置 되었도다

탱자나무 울타리에
쪽문도 막혔으니

이러다 저세상 간다 해도
설워할 이 없겠네

소처럼 주둥멍 쓰고
집 밖에 나가려니

삼복三伏에 입 코 막혀
숨까지 막혔으니

팔려 가는 늙은 황소처럼
천근 발길 예놋다

산책 길에 마주 보고
다가오는 사람들이

벗었던 마스크를
다시 쓰며 외면하니

머지않아 혼자 사는 날
오고야 말겠네

진수성찬

텃밭에 심어 놓은 청상추 한 주먹 뜯어

된장에 한 쌈 싸서 볼탱이 터지게 넣고

우걱우걱 씹어 삼키면
고소한 맛 입안에 돌지

찬밥에 찬물 말아 풋고추 된장 찍어

아삭아삭 깨물면
밥 한 공기 뚝딱하니

여름 반찬 이만하면은 고량진미 부럽지 않네

양지꽃의 비밀

땅에 납작 엎드려 고개만 살짝 든 꽃에게
이름을 물어보니 안 가르쳐 주기에
여기저기 수소문해 보니
양지꽃이라 하더라

이보다 예쁜 꽃이 어디에 또 있을까
화사한 얼굴에 미소를 듬뿍 담고
'사랑'이란 꽃말을 전하려고 세상에 나왔단다

말 못할 사연이 뭐 그리 많길래
인적이 뜸한 곳에서 노숙하며 사는 걸까
있어도 없는 듯하며
숨어서 사는 걸까

혼탁한 세상

인간의 검은 마음
속속들이 드러나니

세상을 비웃는
새들을 바라보라

부끄러운 인간 군상들을
비웃는 참새 소리

진실이 사라지고
술수가 난무하여

모든 걸 내려놓고
초야에 묻혀 사니

산채 향기 코끝에 맴돌아
눈과 귀가 어둡네

쉬어 가게나

갈 길이 멀다고 해도
서두르지 말아라

마음이 앞서가면
사대삭신 망가질 터이니

쉼터에 걸터앉아서
쉬었다가 가거라

인생은 먼 길 가는
나그네 아니던가

쉼 없이 뛰다가는
천상화 핀 황천黃泉을

급하게 도달해서는
저승 새가 되리니

시詩로 그린 그림

나는 물감 없이도
그림을 그린다

머리로 본을 뜨고
가슴으로 색칠하여

하이얀 캔버스 위에 세상을 그린다

크레파스가 없어도
파스텔이 없어도

형형색색 글을 섞어
마음으로 써 내려가면

하늘이 큰 강이 되고 바다가 눈물 된다

화실이 없어도

팔레트가 없어도

상상의 나래 펴고

마음의 붓을 들면

나비가 여인이 되고 자연이 사람이 된다

주님의 뜻이 오니

동쪽으로 가려는 길 막아 서쪽으로 돌리고
남쪽으로 가려는 길 막아 북쪽으로 돌리면
내 뜻대로 되지 않는다고 당신을 원망했죠

불치병에 교통사고로 목숨까지 노려서
당신 앞에 나아가 눈물로 회개하며
무릎 꿇고 엎드려 살려 달라 애원했죠

이제야 알겠군요 당신의 깊은 뜻을
동쪽과 서쪽이 내 갈 길이 아니었음을
곱게 단장한 내가 갈 길을 따로 예비하셨음을

천둥 치던 날

군돌이 아저씨는 신명이 가득했다

꽹과리 소리 나면 어디선가 달려와

온몸을 꽈배기처럼 꼬면서 어깨춤을 추었지

술 주전자 어른거리면 앓다가도 일어나

얼굴에 생기 돌고 기운이 되돌아와

막걸리 한두 사발로 밥 한 끼를 때웠지

세월을 못 이기고 구름 위를 날아올라

하늘에 가서도 폼 나게 한판 벌여

비 오는 날 우렛소리 되어 세상을 뒤흔드네

세상만사

곱고 예쁜 꽃도
세월 가면 시들고

한때의 부귀영화
한 조각 구름이려니

인간사 한세상 삶이
일순의 바람인 것을

원단 기도

어둠 속에 득실대던 온갖 잡귀 물리치고
영리하고 재능 있는 검은 토끼 앞장세워
상서롭고 희망 가득한 계묘癸卯 새해 밝았도다

저 멀리 지평선 넘어 희망 실은 붉은 태양
거침없이 떠올라 세상을 고루 비춰
온 누리 그늘진 곳부터 따스하게 덥히소서

불의는 돌에 묻고 정의는 거름 주어
자유민주 시장경제 시든 꽃 다시 피워
잘나가던 이 나라 위에 번영의 옷 입히소서

질병일랑 물러가고 삶의 자리 되찾아
심신이 건강하고 뜻하는 일 아니 꼬여
모두가 잘사는 날 세습하게 하소서

주례사

한 해의 매듭달에 복 있는 날 받아서
갑돌이와 갑순이가 새 가정을 이루며
만인의 증인 앞에서 천년 동행 약속했지

나는 뒤에 서고 너를 앞에 세우며
받을 것보다 줄 것을 먼저 생각하노라면
행복은 파랑새처럼 찾아와 너희 곁에 있으리라

찬바람 휘몰아치는 삼동설한三冬雪寒 온다고 해도
잡은 손 더 굳게 잡고 서로를 보듬으면
비바람 이내 물러가고 따슨 햇살 비추리라

눈 한쪽 먼다 해도, 날개 한쪽 없다 해도
하늘을 높이 날며 세상을 밝게 보며
하나로 다시 태어나는 비익조比翼鳥가 되거라

일편단심 민들레

함부로 마음을
주지 않는 여인이

신랑감이 오기를
애타게 기다리다가

끝내 오지 않으니
마리아가 되었네

머리에 가시 면류관 쓰고
십자가에 못 박혀

죽었다가 다시 살아나
승천하신 예수님처럼

성모님 하이얀 홀씨 되어
하늘 타고 오르네

손이 하는 말

자판기에 손을 대고
글자로 말을 한다

입은 편해지고 손이 바빠진 가상공간

여러 그룹의 아는 이들이
단톡방에 모여 있다

카톡이 구슬프게
울어 대던 어느 날 아침

고딩 시절 친구가 홀연히 떠났다는데

손바닥만 한 휴대전화기 속에
세상이 들어 있다

맥문동의 삶

허리를 곧추세우고 보라색 반짝이 옷 입고
가련한 몸이지만 품성만은 올곧아서
혼탁한 세상을 향해 침묵으로 호통친다

휘몰아치는 강풍에도 굽힐 줄을 모르고
넘어질 듯 일어나서
몸을 고쳐 세우니
불의와 타협할 줄 모르는
정의의 전도사다

양지를 마다하고 음지에 터를 잡아
높은 자리 마다하고
낮은 자리 앉았어도
아무것도 꿀릴 게 없이
의연한 삶을 산다

아니 벌써

이순耳順에 오른 산이
종심從心 되니 태산일세

험하기는 풍악楓嶽이요
높기는 백두白頭이니

마음은 오르자는데
다리가 마다하네

제3부

늦더위

떠나가던 여름이
되돌아와서는

방구석에 누워서
몸살을 앓는데

낮에는 고열이 나고
조석朝夕으론 오한惡寒에 떤다

누구에게나 아쉬움은
남아 있는 법이지

박수받고 떠난다는 건
쉬운 일이 아니거든

미련 없이 떠난다는 게
자연인들 쉽겠는가?

가을의 문턱에서

조석으로 부는 산들바람에
모기 입 비틀어지고

싱싱하던 잎사귀엔 검버섯 피어나는데

먼 산은 시월에 입을
색동옷을 준비한다

들판은 연노랑 물감으로
수채화를 그리고

미아가 된 매미가 구슬프게 우는데

고추잠자리 무등을 타고
가을이 오고 있다

가을 언저리

인사동 시월 한낮
가을이 어슬렁거린다

소슬바람 살랑이니
옷깃이 여며지고

텅 빈 마음 정수리엔
그리움이 탑이 된다

추억을 뒤적이니
생각나는 그 여인

지나간 삶의 자취
그리움 가득 적어

단풍 우표 곱게 붙여서
천국으로 띄워 볼까

가을 들녘

기차가 가을 사이를
미끄러지듯 달리는데

다리 잘린 나락이
나뒹구는 들판엔

하늘이 보낸 고추잠자리가 가을을 정찰한다

텅 빈 논 자락에
두 팔 벌린 허수아비

황망한 들녘을 보며
명상에 잠겼는데

바람이 장난을 걸며 이리저리 나뒹군다

가을바람

가을이 바람 타고
사뿐히 내려와

허한 가슴 싣고서
허공을 나르는데

햇볕에 탄 고추잠자리
날갯짓이 힘겹다

청청한 하늘강에
떠 있는 구름배를

한가로이 노 저어
바람이 밀고 가는데

연노란 가을 햇살에
바람 빛도 고와라

백송白松의 기도

조계사 대웅전 앞에 서서
기도하는 하얀 노송

오백 년 지난至難한 세월에
모진 풍상 견뎠는데도

여전히 백옥 같은 피부
천년이야 아니 갈까

고령의 몸뚱이에
깊숙이 찢긴 상흔

살다가 지친 육체를
목발에 맡기고서

중생의 백팔결업百八結業을
부처님께 고한다

설중매雪中梅

눈바람 속에서도 의연한 모습으로

연분홍 치맛자락 눈발에 휘날리는데

세월도 치매에 걸렸는지 때를 잊고 헤매이네

하늘을 보며

바람이 흐르는 대로 강물이 부는 대로

두둥실 떠다니며 정처 없이 가는 구름

놔둬라, 한살이 삶인데 제멋대로 살다 가게

길 없는 인생살이 내 뜻대로 가는 게지

재고 따지고 할 것 없이 되는대로 가면 될 걸

두어라, 발길 닿는 대로 그럭저럭 살다 가게

정년停年 하던 날

수십 년 잔 때 묻은
안방 같은 공간에

주인 잃은 슬픔에 침묵만 흐르는데

폐품들은 태연하게도
버티고 누워 있다

키 작은 나무들이
화분에 올라서서

허전한 마음을 무엇으로 누를 수 없어

창밖을 내다보면서
생각에 잠겨 있다

사색의 장이었던
만동晩冬의 뒷동산엔

발가벗은 고목들이 찬바람에 몸을 떨며

수척한 모습을 하고
방 안을 들여다본다

야설夜雪

밤사이 소복 입고
바람 타고 내려와

자식들 잠 깰세라 한데서 서성이다가
말없이 흔적만 남기고 되돌아가신 어머니

꿈속에도 뵈지 않고
소식조차 끊겼는데

어머니 계신 곳이 춥지는 않은지요

언제 또 올 것이라고 한 말씀만 하고 가지

외골수의 삶

세월을 닮으면 못 할 것이 무엇이랴
한번 맘먹으면 불도저로 밀어붙여

약속한 날이 오면 이루고야 말 텐데
세상사 바뀌어도 변하지 아니하고

해찰도 안 하고서 앞만 보고 달리는
아무도 못 말리는 천하의 벽창우다

시간에 깔려서 일어서지 못하고
백 년도 못 살고 떠나가는 인생인데
천만 년 살다 갈 것처럼 치열하게 살았지

봄의 전령

잔설殘雪 속에 피어난
잠귀 밝은 산수유

하늘의 전령문傳令文 들고 봄 문턱을 갓 넘어서

좁쌀 같은 노란 꽃봉오리
몽실몽실 터트렸네

생김새가 수수하니
있어도 없는 듯한데

진한 꽃향기는 숨길 수가 없었는지

허공을 두루 맴도니
코가 따라가더라

황혼 열차

여명黎明의 붉은 성체聖諦
동녘에 들어 올려

눈 한 번 깜빡이니
선홍빛 쟁반 되어

초저녁 낮 같은 달에게
자리를 넘겨준다

초침秒針이 줄행랑치니 시침時針이 뛰어간다
높고도 험한 스물네 고개 단숨에 올라채니
검던 머리 파뿌리 되고 얼굴엔 골이 진다

할배의 눈물

하늘을 쳐다봐도
땅을 내려다봐도

머리엔 뜬구름이 이리저리 얽혀 있고
가슴속엔 바윗덩어리가 가는 길을 막고 있다

할배 속도 모르는
천진난만한 손주들이

속절없이 뛰노는 두 마리 노루가 되어
길도 없는 이곳저곳을 제 맘대로 뛴다

세월 가면 까맣게 잊힐
할배라는 존재인데

나는 손주들 머릿속에 무엇으로 남을까
한 줌의 재가 될 텐데 내가 알 바 아닌 것을

백 매화 피던 날

다섯 살배기 손자 녀석이
'팝콘꽃'이냐고 묻기에

활짝 핀 백 매화를 보니
팝콘을 빼닮았는데

백 매화 한 송이 꺾어 들고
영화 한 편 보고 싶네

병원 가는 날

쟁기로 비탈밭 갈고 등짐을 도맡아진
팔려 가는 황소가 왕눈을 깜빡이며
사주팔자四柱八字 아는 것처럼 발을 떼지 못하네

병원 가는 이내 몸이 황소의 마음 같아
돌밭을 갈아 일구다 성한 몸 망가져
운세를 하늘에 맡겨도 두려움이 앞서 가네

환자들을 보노라니 정신이 하늘을 날아
공상 소설 수백 권 쓰고도 진땀이 흥건한데
아무 일도 없다는 데도 얼굴빛이 입원했네

엄니 생각

뻔한 거짓말에
속아도 기분 좋은

연시 한 개 주시며
이것이 끝이라는

토씨 하나 틀리지 않은
어제 같은 그 말씀

장독대에 숨은 비밀
술래는 찾지 못하고

엄니의 속임수가
야바위꾼 마술 같은

겨울이 깊어 가며는
보고픔만 쌓여 가네

친구에게

세상에 다정함이 어딘들 없겠냐만
학창 시절 들은 목소리
여태 크게 남아 있다
그보다 더 정감 있는 소리 어디서 들을 건가

멈춤 없이 달리다 보니 한동안 잊혔던
풍파에 시달리다
겨우 정신 차려 보니
모든 게 변했는데도 친구 모습 그대롤세

벽에 걸린 시계는 고장도 나지 않고
한 해가 하루 같은
찰나刹那의 시간이니
가는 시간 세지 말고서 맘 가는 대로 살자꾸나

친구라는 존재

난초 지초 있는 곳에
맑은 향 몸에 배고

소나무 무성하니
잣나무 춤을 추네

먼 곳에서 벗 찾아오니
향기에 취해 춤을 추네

우정 만리

야심 찬 한 해 계획
괴질이 가로막아

이루지 못한 것이
아쉽기는 하여도

친구들 만날 때마다
"턱 빠지게 웃었지"

낙엽 지고 해는 져서
마음이 허전한데

지난날을 안주 삼아
추억을 더듬으니

마시고 또 마셔도
이게 술이 아닌가벼

바둑 같은 인생

열아홉 줄 바둑판에
인생이 거기 있다

이어진 듯 끊어지고
끊어질 듯 이어지는

인생은 한 수에 죽고 사는
절묘한 바둑 한판

포로가 된 병졸들이
귀퉁이에 몰려 있고

대마불사大馬不死 안 맞으니
방심은 금물이라

인생 판 잘못 읽으면
한방에 훅 가는 걸

개학의 추억

그날이 다가오니 허겁지겁 들로 나가
잘난 놈 골라잡아 팔다리 곧게 펴서
누르고 바싹 말리니 때깔 좋은 코다리 같다

잘났다는 이유로 재수 없이 눈에 띄어
살날이 구만리 같은데 생죽음당한 운명
둥글둥글 살았는데도 정丁 맞은 돌이 됐다

오늘이 개강 날인데 초딩 시절 개학 날 같다
놀다가 밀린 숙제 허겁지겁 몰아 하다가
아침에 허둥거리며 책보 싸던 그날 같다

젊음에게

푸름을 자랑 마라
단풍 들 날 금방 오니

초가을 소슬바람에
파뿌리 하나 돋아나면

서릿발 성성한 날을
어이 비켜 가려느냐

다시 보는 전원 일기

드라마 속 전원 일기에 고향이 남아 있다
흘러간 옛 노래가 클래식보다 구수하고
시골이 대도시보다 사람 사는 세상이다

고향에 함께 살던 옛 시절 그리운데
빗장 걸어 잠그고 이웃도 무심한 채
메마르고 돌 같은 삶이 앙꼬 없는 찐빵이다

전원으로 되돌아가 정으로 살고파도
인걸은 간데없고 뜨내기 낯설어서
모심고 추수하다가 새참 먹을 사람 없다

달리는 차를 보며 외로움을 달래는데
정마저 싣고 떠나 마음 둘 데 없으니
고향이 그리운데도 돌아갈 곳 없구나

까치밥

손대면 터질 듯한
말간 연시가

나무 끝에 목을 매고
바들바들 떠는데

함께 살던 이웃 사람들이
하나둘 사라진다

끝끝내 남는다 해도 까치밥 될 터인데
나는 어디로 가서 무엇이 될 것인가?
구름옷 한 벌 걸치고 훨훨 날아가면은

거울의 방황

김선주 (문학평론가)

1

하늘 지붕 너머로 주단을 펼쳐 놓은 듯 빛나는 발자국이 총총하다. 별자리가 아늑한 밤 풍경을 비추고 초야의 오솔길이 드러난다. 오솔길을 따라 거닐며 생의 그늘과 빛으로 일렁이는 완연한 풍경들과 마주친다. 아늑한 듯 불안한 듯 속내를 모를 고요함을 풍기며 이리 오라고 손짓한다. 풍경은 세상의 기둥처럼 서서 나를 부르고 있다. 우리는 모두 방랑의 본성을 지닌 게 아닐까. 마음은 늘 풍경을 그리워하고 '여기' 아닌 '저곳'을 동경하니 말이다. 세월이 흘러 그 마음은 어느새 이국의 땅이 되어 있을 것이다. 그리움은 반드시 마음속에 풍경을 이룰 테니까.

천계의 지도를 펼쳐 빛나는 발자취를 좇는다. 시인은 일생을 함께 나눈 이들과의 풍경을 바탕으로 돌연히 자신만의 풍경을 찾고 있다. 지금 내가, 그가 그리는 풍경과 내 마음속 물 밀림의 접점을 헤아려 나가듯. 무늬와 무늬가 어우러져 색깔과 입체를 산란産卵하고, 다색多色의 퇴적층은 드높은 협곡과 광활한 초원과 아득한 절경을 이룬다.

마음의 거울로 사계절, 사방을 비추며, 바꿀 수 없는 과거의 의미와 향기를 재구성하고 있다.

설악에 가을 드니
풍악楓嶽이 여기로다

초록 잎이 단풍 드니
한 폭의 동양화다

인생도 저 산 같아서
곱게 익어 가는구나!

파랑색이 세월 가면
홍엽紅葉이 되는 걸까

바람빛에 물들어
세상을 예쁘게 꾸며

한 해를 넘으려 하는
붉게 타는 세월꽃

– 〈풍악을 오르며〉 전문

시인은 인간과 자연, 즉 개체와 집합체를 한데 아울러 생의 이치를 차분한 어조로 노래하고 있다. 인생과 풍악은 이 시에서 눈에 띄게 대조되고 서로 녹아든다. 인생도 산도 세월을 누리는 주체인데 이 세월이 "곱게 익어 가는", "홍엽"의 미의식을 창안하는, 자연이란 대타자로 부상한다. 자연 앞에 지구상의 전 존재는 필멸의 존재자인 동시에 무르익음의 주체다. 세월이 깊어 갈수록 존재는 발갛게 무르익어 절정의 아름다움을 내포한다. 따라서 세월은 "파랑색"의 상실이 아닌 "홍엽이 되는" 때이다. 그 과정은 사멸이 아니라 성숙의 여정인 것이다. 그리하여 "인생도 저 산" 같다는 동일성의 지평을 통해 세상을 보는 시인의 긍정 어린 시적 태도를 엿본다.

특히 이러한 시적 태도와 화자의 미적 발화가 만나 시의 미의식이 풍부해지고 있다. 시인에게 세상은 형태의 경계선을 따라 구분 짓는 개체의 모음이 아니라, 포개지고 녹아들며 서로의 테두리로 기하학을 이루는 미적 응결체다. 이는 "바람빛에 물들어/세상을 예쁘게 꾸며"라는 표현에서 잘 나타난다. 먼저, '바람빛' 자체의 물질감이 다채로운 구조의 공감각을 느끼게 한다. 바람과 빛이 합성됨으로써 각자의 본래성을 초월한다. 또한, 바람과 빛은 덧없이 허공을 떠돌다 부서지는 게 아니라 만물과 세상만사를 예쁘게 물들이는 미적 주체다. 그렇게 세상을 물들이는 "바람빛"은 인간사의 세찬 풍파를 환기하여 한층 의미망을 넓힌다. 설악과 풍악 혹은 한 인간은 다시금 시간의 세례를 받는 붉은 "세월꽃"인 것이다.

페리는 망망대해를
거침없이 달리는데

바다를 내려다보니
인생이 거기 있네

지나온 삶의 자취를
실타래처럼 펼치며

흰옷 입은 갑남을녀甲男乙女
포옹하고 흩어지고

또다시 만났다가
급히도 헤어지는

인생은 만났다 헤어지는

애환의 물길이다

－ 〈페리가 지나간 자리〉 전문

이 시도 마찬가지로 자연에서 인간형을 찾고 있다. 시인은 광활한 망망대해를 통해 인생사를 엿본다. 시작이 끝. 화자가 바닷길에서 만난 찰나를 사는 "애환의 물길"을 보노라면 이 말이 생각난다. 찰나가 다시 찰나를 낳고 끝없이 그 순간들을 창조, 증식해 가는 광경은 그리스 신화에서의 우로보로스Ouroboros를 떠올리게 한다. 우로보로스는 꼬리를 문 뱀으로 다양한 상징성을 띠는데, 그중에서 우리에게 익숙한 게 바로 무한한 순환과 완전성에 관한 것이다. 머리와 꼬리가 이어져 있어 그 원형이 끝없는 순환의 고리와 완전성을 상상케 한다.

마찬가지로 망망대해에서 우리는 우로보로스의 원형을 읽을 수도 있다. 동요에서 "지구는 둥그니까 자꾸 걸어 나가면 온 세상 어린이들 다 만나고 오겠네" 하는 가사도 있지 않은가. 여하튼 이처럼 무한하게 순환하는 우로보로스가 끝없는 변화를 추구한다는 사실이 흥미롭다. 처음과 끝을 잇는 사이는 무궁무진하고 다채로운 변화의 양상이 있다는 것이다. 인생사도 그렇다. 끝없이 "포옹하고 흩어지고/또다시 만났다가 급히도 헤어지는/인생"은 다 같아 보여도 저마다의 "지나온 삶의 자취를" 지닌다. "흰옷 입은 갑남을녀"의 부서지는 형체는 다 같을지라도 저마다의 울음과 울분이 있다.

이처럼 차갑부의 시 세계는 자연을 거울처럼 세워 그 자리에 인간성을 비추고 있다. 자연에서 인간의 특징을 찾아 인간으로서 마땅히 치를 수밖에 없는 숙명적 고뇌를 자연 현상에 투영한다. 그래서 자연의 이치를 인간적 고뇌에 대한 극복 의지와 실천적 방법론으로 승화시킨 것이다. 시 속 화자가 발화하는 시어들은 이를테면 유전자 가위와 같다. 정신의 심층 너머까지 내려간 유전자 가위로 야만적 자아의 DNA를 편집하고 재구성한다.

의식 너머로 섬처럼 외따로 살고 있는 자연적 본성의 파편들을 서로 잇고 재배열하여, 고요한 사찰의 심성을 닮은 수줍은 "왕벚꽃"(〈선암사의 봄〉)이나 봄의 순수를 즐길 줄 아는 순결한 "조랑말"(〈우도의 봄〉)의 심상을 잉태하려는 것이다. 이는 시인의 적극적 자기 도야의 의지를 통한 겸허한 심성을 잘 드러낸다. 자연은 "수천 용사들이 산화한 백마고지"(〈분단의 고지를 돌아〉)와 "검투사들의 죽음터"(〈콜로세움의 혈흔血痕〉)에 저항한다, 반대한다, 그리고 꿈꾼다. "묵은지 같은 깊은 맛이 온몸에 듬뿍 배어"(〈동창 여행〉) 피어오르는 순결한 계절의 도래를, "처음 본 얼굴들인데 십년지기 친구 되고" "마음의 끈 이어"(〈이별의 만남〉) 서로가 사심 없이 얼싸안는 세상을 그려 본다.

2

그러나 그 세상은 요원하다. 시인은 자연스레, "혼탁한 이 세상에 물세례를 베푸는데"도, "도시는 파도치는 물바다를 이루"는 데도, "다소곳이 머리 숙여/아멘"(〈폭우〉)으로 그저 견디고 견딜 뿐인 인내의 사물들로 눈을 돌린다. 열기 없는 불길처럼 고요하게 생을 태우는 존재자들에게 숨결을 불어넣는다. 그들은 인내의 히어로다. "산해진미 안 먹어도 이슬 한 방울에 만족하고/하늘을 지붕 삼고 구름을 초막 삼은 삶"(〈석란石蘭의 삶〉)으로 산 혹은 얕은 세상에 깊이를 그리는 우리의 히어로다.

화자는 그들을 닮고 싶다. 말없이 혼탁한 세상을 자애로 꾸짖는, 작지만 강인한 그들의 순결성을 꿈꾼다. 하지만 아이러니하게도 세속은 풍요롭고, 청빈과 순정의 생활은 험난하다. 비울수록 가벼워야 할진대 인생은 비울수록 무게를 더한다. 이는 바로 인간의 숙명인 것이다. 이처럼 시인의 작품 세계에서 말 없고 작은 평범한 사물들은 바로 동경의 대상이다. 시인이 사물을 관조함으로써 그 사물은 화자의 자아를 통해 재창조된다. 만인이 알아줄 리 없는 작은 존재를 한 명의 시인은 알아본다.

하늘 없는 오솔길을
속 비우고 걸어간다

고운 바람 빛에
초목이 짙어지고

주인 잃은 빈 의자 하나가
일광욕을 즐긴다

값나가는 무언가를
목과 팔에 걸친 여인

그리도 많은 사연
부처님께 고하는데

옷 한 벌로 평생을 살다 간

법정 스님 묵언설법 하신다

- 〈길상사吉祥寺의 봄〉 전문

마음은 용광로다. 마음속에서 하나로 뭉쳐지지 못하는 것은 없다. 사물과 사물은 서로를 투시하고 뭉쳐지고 어우러져 이미지가 되고, 이미지는 상징을 불러오고, 상징은 존재를 재구성한다. 존재의 부활은 생의 의미를 바꾼다. 시가 바로 그 마음의 용광로다. 화자의 마음속에서 "주인 잃은 빈 의자"와 "법정 스님"의 불심은 선순환한다. 인성과 무심이 어울려 서로를 관통하고 투영함으로써 생의 층위를 열어젖힌다. 쓸쓸하게 남겨진 의자에 법정 스님의 생령이 깃든다. 그렇게 "주인 잃은 빈 의자 하나가" 주인을 닮아 간다. 그리고 "값나가는 무언가를 목과 팔에 걸친 여인"에게 "묵언설법 하신다."

이처럼 사물은 시인에게 고결하고 존귀한 존재다. 나폴레옹이 괴테를 보고 여기 한 인간이 있다고 했던가. 사연 많은 세상의 값진 귀금속보다 비싸고 희귀한 의자의 불심이야말로 진정한 인간성을 드러낸다. 이기심 가득한 지금의 인간상이 아닌 우리가 다다라야 할, 우리가 그리되어야 할 미래의 인간형인 것이다. 타자를 꾸짖지도 원망하

지도 가르치지도 않는데 그로써 큰 꾸짖음이 되고 큰 가르침을 드러낸다. 세상 사람이 이리저리 동분서주하고 욕망의 춤추느라 남을 다치게 할 때, 의자는 제자리에서 고요하게 지그시 제 생을 태우고 있다. 세상이 팽이처럼 돌며 사방을 튕길 때, 의자는 못처럼 한없이 제자리를 파 내려갈 뿐이다.

석가가 법상에 오르니
하늘에서 꽃비 내려

꽃잎 하나 들어 올려
중생을 내려다보니

말없이 하얀 미소 지어
마음으로 화답한다

어지러운 삶의 자리
우산으로 가리고서

진흙에 몸 담그고

이슬 먹고 피어나

흙탕물보다 혼탁한 세상을
미소로 닦아 낸다

- 〈연꽃 미소〉 전문

헤르만 헤세는 죽음이 다가왔을 때 아름다운 미소를 짓고 있다면 당신의 생애는 아름답다고 했다. 우리의 마음은 수시로 무늬를 그린다. 마음의 무늬가 정갈하고 우아하게 곡선을 그린다면 당신의 생애는 아름답다. 세상을 아름답게 바라볼 수 있을 때 마음의 무늬도 우아해진다. 따라서 진흙과 흙탕물 속을 뒹굴어도 향기 어린 심성은 세상을 향해 꽃을 피우는 법이다. 연꽃은 그 속에 가득한 향기의 실제화인 것이다.

아련한 실루엣은 하얗게 포개진 이파리의 향연으로 세상에 나온다. 꽃이 향기를 내는 것이 아니다. 그윽한 향기가 향기의 무늬대로 꽃이 되는 것이다. 흙탕물 속 "어지러운 삶의 자리", 그 작은 우주를 휘돌고 감싸며 떠돌던 향기가 세상에 나와 옷을 입는다. 향기가 꽃이 되려면 얼마나 깊고 지난한 수행의 세월을 치러야 할까. 몇 겁의 세월과

윤회를 거쳐야 향기가 꽃이 되는 것일까. "흙탕물보다 혼탁한 세상을 미소로 닦아"낼 정도로 연꽃의 향기는 그윽하다.

이러한 연꽃의 미소는 시인의 단아하고 겸허한 심성을 반영한다. 연꽃은 "어지러운 삶"을 연약한 "우산" 하나에 의지해 이어 오면서도 소박한 생활을 섬긴 시인의 심성을 고스란히 닮았다. 세상이 혼란의 시대를 이기는 가장 쉬운 방법으로 탐욕과 시기를 추구할 때, "찬밥에 찬물 말아 풋고추 된장 찍어/아삭아삭 깨물면 밥 한 공기 뚝딱"인 소박함을, "고량진미"(〈진수성찬〉)보다 더 좋아한 것이다. 시인의 소박함은 향기가 되어 싱그러운 시어들의 보고를 이룬다. 시어들이 날개를 풀고 "한때의 부귀영화/한 조각 구름"(〈세상만사〉)인 덧없는 세상의 그늘을 씻으러 향기를 실어 나른다.

호수 속에 핀 수련꽃이
손주 녀석 얼굴 같다

한 엄마가 낳은
쌍둥이 형제련만

저마다 다른 모습이
신기하고 멋스럽다

양 손가락 활짝 펼쳐
턱을 괸 형상으로

불법을 깨우친 듯
염화미소 짓는데

호수도 수련을 닮아
이쁜 미소 짓고 있다

– 〈수련꽃〉 전문

  수련은 밤에 잠을 자고 낮에 깬다고 하여 붙은 이름이다.
낮에 활짝 꽃잎을 열었다가 밤에 바짝 오므려 졸고 있는
수련의 자태가 그야말로 사람인 듯싶다. 출렁이는 물의
요람 위에 웅크려 수련은 무슨 꿈을 꾸고 있을까. 그러나
수련은 꿈을 꾸는 게 아닐지 모른다. 온밤 내내 깨어서 앙
다문 이파리 속에 불씨를 지피고 있는 것일지 모른다. 향

기를 살라 불씨를 기르고, 연못가에 온통 불빛을 내어 주는 것이다. 수련의 불꽃이 연못을 밝히는 한밤중의 시간. 향초처럼 저를 태우는 수련의 향기와 고운 빛깔로 연못가가 온통 밝아 온다.

수련은 여기 작은 못가의 조촐한 촛불이다. 수련도 저를 태워 세상을 밝히고자 하는데 사람은 무엇 하는가. 그러나 화자는 많은 언어를 내밀하게 잠재운다. 마치 수련꽃이 앙다문 이파리 저편에 불씨를 숨기듯. 초야에 묻혀 고단한 밤을 기다리는 수련을 통해 "양 손가락 활짝 펼쳐 턱을 괸", 세상의 이치와 시름을 사색하느라 골몰한 존재를 보여 줄 뿐이다. 숱한 밤 저를 태워 향기와 빛깔의 불도를 세상에 설파해 온 수련꽃이 드디어 "불법을 깨우친 듯 염화미소 짓는"다.

이처럼 시인은 일상에서 만날 수 있는 지나치기 쉬운 조촐한 존재자들에게 눈과 귀를 기울인다. 아무도 들여다보지 못했던 그들의 이야기를 깨워서 향기와 빛깔의 시어로 들추어낸다. 마치 자연과 세상의 안내자같이, 사물의 평범한 존재성에 가려진 독특하고 귀중한 시향을, 수련꽃의 자태처럼 묵묵하게 설파하고 있다. 인간사에 팽배한 "꼬리 치며 마구 질주하는 생명체의 생존경쟁"(〈양궁 경기〉)의 한가운데서 "'사랑'이란 꽃말을 전하려고 세상에" 시를

띄운다. 먼지 쌓인 "말 못 할 사연"에 향기 서려 있는 빛의 무늬를 그리며, "인적 뜸한"(〈양지꽃의 비밀〉) 자연과 영혼의 시어들로 집 지은 보금자리에서 은둔한다.

3

삶은 고뇌와 욕망에 대한 좌절의 회화繪畫이다. 오죽하면 옛날 로마의 한 황제는 죽음이 육체에 베푸는 봉사로부터 해방되는 것이라 했던가. 다빈치와 오비디우스는 죽음을 '휴식이자 행복의 시작'이라고 불렀다. 그러나 우리는 죽음에 대해 아무것도 알 수 없다. 생이 지속되는 동안 죽음에 대한 온전한 체험은 불가능하고, 죽음에 이르렀을 때 죽음은 인식 불가능의 현상이기 때문이다. 다만 죽음에 대한 우려와 공포, 저승에 대한 갖가지 전설 및 신앙을 통한 부활의 약속, 그리고 무의 징후만이 우리 이성을 보충하고 있다. 그런데도 삶이 얼마나 고달프기에 우린 죽음을 안식이라고 부른다. 우리는 결코 친구가 되고 싶지 않은 타자에게 언어의 축복을 내리고 있다.

　죽음이 서글프고 애달픈 이유는 이생에 사랑하는 모든 게 숨 쉬고 있기 때문이다. 생이 아무리 고달프고 서글퍼도 가족과 친구, 동료들, 문우들과 어울려 만들어 나가는 따뜻한 순간을 놓을 수 없기 때문이다. 하지만 죽음은 인간과 시인 양측 모두에게 필연적 화두인 것이다. 죽음은 삶을 반영하고 견인함으로써 그 죽음 자체를 다시 확충한다. 우린 죽음의 본래성을 바꿀 순 없으나 그 죽음의 의미와 가치를 바꿀 수 있다. 죽음을 통해 삶의 의미 또한 바뀔 수 있다. 삶과 죽음은 곧 하나가 된다.

하늘을 쳐다봐도
땅을 내려다봐도

머리엔 뜬구름이 이리저리 얽혀 있고
가슴속엔 바윗덩어리가 가는 길을 막고 있다

할배 속도 모르는
천진난만한 손주들이

속절없이 뛰노는 두 마리 노루가 되어
길도 없는 이곳저곳을 제 맘대로 뛰논다

세월 가면 까맣게 잊힐
할배라는 존재인데

나는 손주들 머릿속에 무엇으로 남을까
한 줌의 재가 될 텐데 내가 알 바 아닌 것을

- 〈할배의 눈물〉 전문

　이 시는 일상에서 삶과 죽음의 원형적 통찰을 드러낸다.
화자는 "세월 가면 까맣게 잊힐 할배라는 존재"와 "속절
없이 뛰노는 두 마리 노루"로 보편적 세상의 총체를 조망
하고 있다. 화자의 존재성은 인류가 걷고 있는 필멸성을,
"할배 속도 모르는 천진난만한 손주들"의 현재성은 문명
의 절정을 드러낸다. 이렇듯 "길도 없는 이곳저곳을 제 맘
대로 뛰노는" 손주들은 문명 개척 시대의 인류의 원형을,
"한 줌의 재가 될" 할배는 황혼에 다다라 회한에 젖은 개인
을 가리킨다. 이러한 존재와 생에 대한 보편적 자취가 내
재율로 나타나고, 노년의 쓸쓸한 하루를 나타내는 시구와
시어들이 시의 외양을 구성한다.
　한편 차갑부의 시 세계에서 일관되게 나타나던 자연미
가 절제의 양상을 보인다. 5번째 행과 6번째 행으로 이어

지는 노루와 숲속의 이미지가 손주와 세상으로 환유 되고 있다. 이로써 자연적 이미지는 절제되고 노년의 일상 풍경이 시에서 전경화된다. 이는 죽음에 대한 주제 및 소재를 다룬 시인의 다른 시에서도 똑같이 나타난다. 자연의 웅혼한 기상과 인내의 상징이 급격히 회의의 정서로 줄달음친다.

가령, 인간의 성숙을 상징했던 단풍(〈풍악산을 오르며〉)의 무르익음의 현존 상태는, "손대면 터질듯한 말간 연시"의 아슬아슬한 생의 고개로 변화되었다. 대신 "끝끝내 남는다 해도 까치밥 될 터인데/나는 어디로 가서 무엇이 될 것인가?"(〈까치밥〉) 하는 실존적 의혹과 물음이 강하게 나타난다. 이러한 실존적 고뇌가 예술가의 실존 의식으로 발전하여 죽음에 의한 자조적·회의적 현실 인식을 극복하는 단계에 이르고 있다. 즉 죽음이 일상에 드리우는 생의 그늘을 예술 혹은 시의 언어가 보충하고, 이를 삶의 원기를 북돋는 존재의 근원적 에너지로 승화시킨다.

나는 물감 없이도
그림을 그린다

머리로 본을 뜨고

가슴으로 색칠하여

하이얀 캔버스 위에 세상을 그린다

크레파스가 없어도
파스텔이 없어도

형형색색 글을 섞어
마음으로 써 내려가면

하늘이 큰 강이 되고 바다가 눈물 된다

화실이 없어도
팔레트가 없어도

상상의 나래 펴고
마음의 붓을 들면

나비가 여인이 되고 자연이 사람이 된다

– 〈시詩로 그린 그림〉 전문

　예술은 세상의 사물을 결박으로부터 풀어헤치는 마술이다. 제자리에 얽매인 존재자의 고정성을 부수고 그들에게 자유를 불어넣는 언어의 향연이다. 예술 혹은 시의 세계에선 "하늘이 큰 강이 되고 바다가 눈물"로 화하고, "나비가 여인이 되고 자연이 사람이" 되는 무한한 자유와 순환이 넘쳐난다. 시인은 존재를 가둬 두지 않는 무정형의 시학을 통해 세상에 만연한 부자유를 초월한다. 자연과 벗 삼아 초탈한 일상을 예찬하던 시인의 순결성이 예술지상주의적 시 세계로 상승 확장한다.

　그런데 이를 가능케 하는 것이 바로 시인의 시적 회화가 '마음'을 바탕으로 두는 것이다. 모든 대상은 바탕을 지니고 있다. 심지어 지구도 바탕이 필요하고, 우주도 어딘가의 끝에서 또 다른 바탕을 포옹하고 있을 것이다. 그러나 시인의 마음속은 중력도 한계도 없는 무한한 자유의 바탕이다. 그곳에선 모든 만날 수 없는 대상도 만나고, 이룰 수 없는 사랑도 이루어지며, 되돌아갈 수 없는 세계가 실체를 획득한다. 회한의 세상에서 '나'를 기둥처럼 받들어 주는 시적 풍경은 풍파 아래 문어처럼 흐물거리는 인간에게 척추가 되어 존재를 꼿꼿이 세운다.

세상에 살아 있으려면 자아의 유리 표면에는 수많은 타자의 지문과 얼룩이 서린다. 그 얼룩들이 사랑, 우정, 행복 또 가족, 친구 등의 무궁무진한 삶의 지표로 확장된다. 얼룩을 지우려고 할수록 홀로 떠다니게 될 테고, 투명함의 반대말은 타자의 부재인 것이다. 우린 상징계적 세계에서 타인의 욕망에 의한 욕망 질서를 살아 내며 결핍과 우울을 내면화한다. 사람들은 모두 방황하는 거울이 되어 서로의 테두리를 스치듯 맴돈다. 진정한 관계는 실종했고 서로의 유리 표피로 실재가 아닌 반사 대상을 끝없이 서로에게 되비추고 있을 뿐이다. 이제 필요한 것은 바로 타자가 되쏘는 반사 대상이 아닌, 진짜 나의 자화상인 것이다. 이를 얻기 위해 시인은 자신의 거울을 닦기 시작했다.

오랫동안 정든 이들과 어울려 꾸려 갔던 풍경들을 재배치하고 재생산함으로써 새로운 삶의 풍경화를 그려 나간다. 존재의 의미를 찾지 못한 채 세속의 가상 의미망을 방황하는 무수한 거울들의 행진 너머로 뛰어올라 '나'를 찾아 나섰다. 차갑부의 제3 시집 《시로 그린 그림》은 희미해져 가는 자아와 정체성을 찾아 자연을 거울로써 세우고 그 거울 앞에서 대상으로써 자기 자신의 공허를 인식하는 지난한 여정이다. 또한, 대상으로 살아왔던 '자기'의 존재 근거를 깨닫는 즉시 일체의 주체로서 자아의 존재성을 모색

해 가는 과정이다. 시인은 이제 다시 그리고, 다시 채색하고, 다시 상상하며 '시로 그린 그림' 속으로 은둔하고 있으리라. 깊이를 헤아릴 필요 없는 마음의 거울 속으로. 세상의 거울은 투명성을 보존하는 데에 목적을 지녔으나 그 마음의 거울에 있어 한 가지 바람은 오직 끝없이 투명해지는 것뿐이다. 그리고 아무도 그 투명의 끝을 본 적이 없다.

시로 그린 그림

ⓒ 차갑부, 2023

초판 1쇄 발행 2023년 7월 20일

지은이	차갑부
펴낸이	이기봉
편집	좋은땅 편집팀
펴낸곳	도서출판 좋은땅
주소	서울특별시 마포구 양화로12길 26 지월드빌딩 (서교동 395-7)
전화	02)374-8616~7
팩스	02)374-8614
이메일	gworldbook@naver.com
홈페이지	www.g-world.co.kr

ISBN   979-11-388-2054-7 (03810)